KB055924

빌붕이에 근붓질

빛둥이에 근붓질

펴 낸 날 2013년 12월 20일

지 은 이 법수
펴 낸 이 최지숙
편집주간 이기성
기획편집 김송진, 이윤숙, 윤정현, 정연희
표지디자인 신성일
펴 낸 곳 도서출판 생각나눔
출판등록 제 2008-000008호
주   소 경기도 고양시 화정동 903-1번지, 한마음프라자 402호
전   화 031-964-2700
팩   스 031-964-2774
홈페이지 www.생각나눔.kr
이 메 일 webmaster@think-book.com

- 책값은 표지 뒷면에 표기되어 있습니다.
  ISBN 978-89-6489-248-0   03810
- 이 도서의 국립중앙도서관 출판 시 도서목록(CIP)은 서지정보유통지원시스템 홈페이지
  (http://seoji.nl.go.kr)와 국가자료공동목록시스템(http://www.nl.go.kr/kolisnet)에서
  이용하실 수 있습니다(CIP제어번호: CIP2013026576).

법수 스님 염불시집

빛 종이에

글 · 법수 스님

꽃 붓질

생각나눔

이 책 속의 글은
50%는 진실이고
50%는 군소리다

나는 늘 생각했다
세상을 50%만 똑바로 볼 수 있다면,
그리고 안다면……

운명은 늘
50% 즈음에서 갈렸다.
반의 행복
우리는
그리고 우리 사회는

50%의 선택으로
어림잡아 살아간다.

그래도 좋다

50%만 성공하면

50%만 바르게 살면

50%만 손해 본다면

반으로 쪼갠 쭈쭈바를

친구와 하나씩 물고

뛰어놀던 그때처럼

좋다

이 책의

50%가 일탈이라면

50%는 참된 붓다의 말씀을 실었다

자칫 50%의 말빚이 남을까

두렵지마는

50%의 귀한 말씀을 기려

능히 책을 발간해주신

연대사 불자님들께

고개 숙여 감사드린다

계사년 양월(良月) 좋은 날

법수 합장

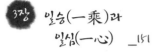

빛둥이에 군붓질

어머니의 육계(肉髻)

어머니의 육계는 처음부터 있었던 것이 아닙니다.
우리 형제를 위하여 하루도 거스르지 않고
무거운 보따리를 지셨던 까닭입니다.

돌아오는 어머니의 육계는 늘 우리를 설레게 하였습니다.
보따리를 풀면 먹을거리, 옷가지며 전에는 없었던 것들이
마구 쏟아져 나왔기 때문입니다.

그 옛날, 바깥에서 어머니의 육계를 만나면 냉큼 달아났지만
지금은 아닙니다.
거룩한 삼십이상(相)임을 잘 알기 때문입니다.
다만, 더는 보지 않아도 좋을 따름입니다.
보따리는 제가 대신 이겠습니다.

* 육계(肉髻): 부처님의 32상(相) 중의 하나. 정수리에 솟은 상투 모양의 살
  덩이.
* 삼십이상(三十二相): 부처님 몸에 갖춘 서른두 가지의 표상(標相).

인간 세계와 다른 천상의 사랑

야마천— 다정히 손잡기만 해도 사랑이 이루어지고

도솔천— 간절히 생각하면 사랑이 이루어지고

화락천— 다정히 바라보면 사랑이 이루어지고

타화자재천— 서로 얘기하는 사이 사랑이 이루어지고

마신천— 그저 바라보면 사랑이 이루어지는데

제각기 원하는 대로 사랑을 만족한다.

『기세경』

일대사인연(一大事因緣)

사랑의 밀고 당김이
지축을 흔들며
아이가 태어났다
알 수 없는 무의식
그 소용돌이 속에 난
새로움이다

새로움이 값진 것은
도대체 모를
일승(一乘)의 배를 탄 모든 생명이
일대사인연인 까닭이다
유정무정 모든 법이
먼지처럼 보일 듯 말 듯하지만
우주의 중심에
당당히 장엄하였다
괜히 미움받는 박테리아 바이러스까지도

난봉꾼 탓에 미덕이 찬탄 받으며
농땡이들 탓에 부지런한 이가 인정받고
놀부 탓에 그나마 흥부가 사랑받는다
꽁생원, 꼼바리도 그럴만한 사연이 있고
까막눈이도 제 할 일이 있어서 바쁘다
다들 망얽이처럼
세상에 나왔다는 것이 값지다

내일을 모르니까
모르기 때문에 지지고 볶고
그런 것도 따지고 보면
일말의 바람이라도 가진 것일 테니까

장엄한 일대사인연이니까

아이들이 장난삼아 부처님을 만들면

그들은 이미 성불했느니라.

『법화경』「방편품」

빵 맛

한 조각 마른 빵의
참맛을 알기까지는
버려야 할 것이 많았습니다

모닝 빵에 곁들인 브랜드 커피를
애인과 폼 나게 들이키던
무의미지만 따끈했던 속삭임도
그만 다 잊어야 했습니다

생일이면
별스럽게 뜨내기손님들 모아놓고
고전에도 없는
케이크에 촛불 켜고 축가하는
눈치놀음은 멀리 던져야 했습니다

그래도 눈물 젖은 빵은 아니어야 하고
허깨비도

전혀 알지 못하는 별나라의 맛도 아니어야 합니다
한 조각 마른 빵은

빵 맛이 빵에 없음을
참맛은 나에게 있음을 알려주고
세 치 혓바닥에서 등장하는
팔만 사천의 조미료로
맛을 입힙니다

그 맛은
비어있는 깊은 맛이며
가장 나를 잘 아는
숨어있는 임께서 주신
나만 아는 맛입니다

* '세 치 혓바닥에서 나는 팔만 사천의 조미료'
  - 설원 천명일 선생의 표현을 빌었다.

염불하는 마음

당신은 부처님

시심작불 시심시불

是心作佛 是心是佛

『관무량수경』

면역반응

나는
실은
60조나 되는
각각의 '나'들이 있습니다
통틀어 나이기도 하고
따로따로가 나이기도 합니다

만일 나로 가득 찬 곳에
초대하지 않은 남이 들어오면
적군으로 간주하고
먼저, 흰 피의 전사인
호중구들이 막아섭니다
장한 나의 호중구들은
논개처럼 적을 안고 죽습니다
그리하여 피고름이 됩니다

그보다 더 센 상대이면
화기중대인 대식세포들이 나섭니다
즉각 박격포를 쏘아 물리치는데
그것으로 상대하기 벅찬 강적일 경우는
상황실에다 보고하여
전차부대인 B세포들을 출동시킵니다
그리하여 항체를 아낌없이 발사하고
온 힘을 다해
적과 싸웁니다

그래서 움불처럼
열이 나고 아프면
나를 지키는
60조의 고귀한 나의
살신성인인 줄
절대 믿으며
응원합니다

그리고

내 몸을 사랑합니다

천하의 어느 것도 해치지 않으면

죽을 때까지 해침을 받지 않으리라

늘 모든 중생을 자애롭게 여긴다면

누가 그를 원수로 여기겠는가

『법구경』「도장품(刀杖品)」

욕망에서 부처가

다섯 가지 욕망은 누구나 있다 하네
꺾으려야 꺾을 수 없고 태워도 타지 않는
영원한 동반자면서 괴로움의 어머니

나는 욕망 가운데 태어나서 가끔
청정을 구하고 해탈을 노래한다
부처를 낳은 욕망의 땅바닥 위에서

* 다섯 가지 욕망[五欲]:
  수면욕(睡眠欲), 색욕(色欲: 성욕), 식욕, 재욕, 명예욕.

선남자야,
어떤 중생이 깨끗한 범행[계행]을 닦으면
이를 일러 몸에 묘한 약왕이 있다고 한다.

『대반열반경』, 「가섭보살품」

고진감래(苦盡甘來)

가겠지요
때가 되면 가겠지요
아프고 괴롭고 서글픈 놀음

관세음보살님 안개치마
우아한 춤사위에
나부끼는 명주붙이 따라
너머
너머
서쪽으로 가고

저쪽 너머
산마루터기
떠오르는 태양 걸린
너머에서
알 수 없는
새 바람이 불겠지요

머물지 말고
그렇게 바람 따라
하나 둘,
백여덟
무상의 계단을 딛고 오르면
연화대에 이른다지요.

병 없는 것이 제일가는 이로움이고
만족함을 아는 것이 제일가는 부자며
좋은 도반이 제일가는 친구고
열반이 제일가는 즐거움이네.

『대장엄론경』

난이이도(難易二道)

부처님이 좋아서
그분 따라가려면,
어렵고 힘들어서
누가 감당할까
아무나 할 수 없으니까
난행도(難行道)라 하셨지

하지만
염불은 이행도(易行道)라
쉽게 하고 큰 덕 본다
아무나 하는 거라고
깔보지 마라
'나무불(南無佛)'하고
눈감으면,
'뿅' 하고
극락이다

난이이도(難易二道)

용수(Nagarjuna, 龍樹)의 저술,

『십주비바사론(十住毘婆沙論)』에 소개되어 있다.

난행도(難行道)는 싯다르타의 고행처럼 자기 힘으로

오랜 수행 끝에 깨닫는 법이고,

이행도(易行道)는 '일체중생을 건지리라.'는

부처님의 원력에 의지하여 부처님이 건설한

정토에 들어가는 법이다.

앞엣것은 육로로 애써 걸어가는 것과 같고,

뒤엣것은 배를 타고 건너듯 쉬운 데에 비유하여

'난이이도'라 하였다.

문(門)

사람이 들어가고 나갑니다
마음도 들어가고 나갑니다

종교는 삶의 한 문이고,
불교는 종교 가운데 한 문입니다

다시 불교 안에도
여러 방편의 문이 있고,
하나의 경전 가운데에도
듣는 자에 따라
아는 바가 천차만별입니다

단 한 줄의 말씀으로도
어떤 사람은 열반을 얻고,
대장경을 머리에 이고 다녀도
골만 아픈 사람이 있습니다

따지면 그러하지만
마지막 남은 하나의 큰 문을 두드리면,
법화의 문을 통하면
분별은 다 사라집니다
모두 하나임을 깨닫습니다

삼계를 빠져나가는 문입니다
일승으로 들어가는 문입니다

눈물 나도록 행복한 문입니다
사랑하는 그대와
꼭 함께 하고픈 문입니다

『법화경』의 문(門),

거기에 두 가지 뜻이 있다.

첫째는 나간다(出)는 뜻이니

모든 불자가 이 문에 의해 삼계를 나가기 때문이며

둘째는 들어간다는(入) 뜻이니,

모든 불자가 이 가르침으로 일승에 들어가기 때문이다."

원효, 『법화경종요』

빛종이에 금붓질

당신을 보면

나, 여기 서서 당신을 보면

일하는 당신,
못난 놈 때문에
일해야만 하는 당신
시위에 휘어진 활처럼
허리가 펴질 날 없어
몹시 안타깝습니다

당신을 끄잡는 줄을
당장 끊어놓고 싶지만
그 줄이 나이기에
그 줄을 타고
우리가 그려놓은 과녁을 향해
쏠 화살이 남았기에
차마 그러지 못함을
늘

미안하게 생각할 뿐입니다

나, 여기 서서 당신을 보면

곱던 두 손이
낡은 블록 담장처럼
거칠고 갈라져
그 틈으로
신물이 스미는 것 같아
목이 멥니다
차라리 내 피부를 벗겨다가
당신 손에 씌우고 싶습니다

이제 그 두 손을
쉬게 하고 싶지만
그리 못하는 것은
날마다
당신의 손끝에서
샘솟는 선율들이
나를 그리고
나를 있게 한 이들의
호흡 속에
이미 스미었기에
우리의 생명인 까닭입니다

나, 여기 서서 당신을 보면

다듬지 아니한 그

갈라지고 휘어진 틈으로

내 부끄러운 사랑이라도

채울 수 있고

소박한 꿈도

그려낼 수 있어서

그것이 참으로 소중하고

행복합니다

나에겐 오직

당신이

부처님입니다

"걸음걸음, 소리소리, 생각생각마다 오직 아미타불"

보보 성성 념념 유재아미타불

步步 聲聲 念念 唯在阿彌陀佛

천태지의(538 597), 『마하지관』

평등성지(平等性智)

일 년 내내
무소득자도 수두룩한데
수백억을 번 사람도 있단다
수백
억 억

그러나 즐겁다
꼭대기에 얹힌
불안한 불균형은
뭇갈림 하는 거다
절로 어울린다

그냥 삼키려 하면
도둑놈이고,
구세 업장을
삭히는 셈치고
연구를 해야 한다

큰손님들께서
흐뭇해하실
다양한 꺼리를
준비해놓고
풍악을 울리자

그래야 그도 살고
세상도 산다

세상은 무진장
공평하다
한 치의
오차도 없이
노력해서
나누면
맛깔스럽게
잘 어울린다

대지와 물은 전생의 내 몸이었고,

불과 바람도 나의 몸이었다.

그러므로 항상 태어남[生]마다,

다른 생명[生]을 위한 방생을 하라.

『범망경(梵網經)』

부적(符籍)

바뀐다

바꾼다

바꾸어보자, 업보를 베어 삶자

삼살 대장군 물러가라

병마야 저리 가라

육십조 개의 내 금은붙이는

하나도 건들지 마라

정다운 우리 가정을 깨지 마라

우리 애의 앞길을 방해하지 마라

마구니여

나는 만사대길 하련다

일찍이

인도 사천하를 헤친

아쇼카 대왕의 칼끝이 그린 모양을

너희 마왕은 알고 있다

붓다를 죽이려고 음모했다가
붓다의 발가락에 상처를 입힌 죄로
핏물 끓는 가마솥으로 직행했던
제바달다의 기억이 되살아나리라

육도가 선명하리라
옴 ﷽

소리가 끊이지 않고

십념을 갖추어

'나무불' 칭하면

부처님을 부르는 까닭에

염불마다 80억 겁 동안 지은

생사의 죄를 멸하고

목숨이 마친 후에는

극락세계에 왕생하느니라.

원효,『무량수경종요』

大正藏』37, p. 129a. 참고.

관세음

보아요
들리지 않는
들을 수 없는
당신과 나 사이
수많은
별들의 침묵

눈물도 흘렸지요
눈물 자국 지워진
사뿐한 모습에서
어제를 읽었어야
전부를 사랑한다 하겠지요

안타깝게도
관세음을 잃고 잠시
당신을 잃었습니다

옛날

음욕의 호기심으로

깜깜한 블랙홀 속에

빨려서는

10달을 헤맸는데

기억을 놓아버렸어요

그때

당신의 눈물

당신의 미소 등

모든 추억도

빠뜨리고 말았어요

이제

선명한

아미타불의 가사를 수하고

귀를 기울이겠습니다

우주에 새겨진
아름다운 별의 노래를

별보라 같은
당신이 그린 악보를
곱게 읽겠습니다

나. 무. 아. 미. 타. 불.

몸을 단정히 하고 계를 잘 지켰다고 해서

자신만이 고귀하고 깨끗한 마음을 지녔다고 생각하거나,

미처 계를 못 가진 이들을 깔보고 헐뜯는다면

이 사람은 선(善)한 듯해도 선함이 아니며

무거운 계(重戒)에서 절대 금하는

'남을 헐뜯어 자신을 칭찬하는 일(自讚毁他)'이므로

복(福)이 도리어 화(禍)가 되어 돌아오니,

이보다 심한 것이 없다.

원효,『보살계본지범요기(菩薩戒本持犯要記)』

목욕탕

지옥도
수시 체험 제도가 있는 줄 알았다

어제 내가 간 곳은
오천 원에
현세에서 지은 업장을
조금 삭적할 곳이다

여느 지옥과 마찬가지로
발가벗기고
적당히 고통 거리가 있다
원하는 만큼 업장을 녹이므로
성황이다

화탕지옥
화거지옥
가마굴에 들어가면

껍데기가 녹아내리고
여기저기서
시원하다는 소리가 들린다

한두 시간
열행(熱行)을 즐기면
좀 아질아질 해도
한결 우선하다

*열행(熱行): 고행.

많은 계율 중의 하나를 범했다고 전부를 놓으면,
마치 한 마리 소를 잃었다고
가진 소를 전부 버리는 어리석은 사람과 같으니라.

『백유경(百喩經)』'소 떼를 죽이는 비유'

샹차이(香菜)

하얼빈에 갔더니
거기 사람들은 샹차이를
참 좋아하더라

들어간 식당마다
어째, 고르는 거마다
끼어있는 게 신기했다
나는 그것만은
젓가락으로 슬슬
제쳐놓고 먹었다

돌아오는 길
지인으로부터 귀한 선물을 받았는데
그중에 샹차이 씨가 있었다

한날, 쉴 짬에
자갈밭에 흩쳤는데

여름비에
말쑥하게 잘 컸다

무심코 놔뒀는데
저절로 나고 죽더니
그 이듬해 다시 났다

다시 이듬해로 넘어가
또 만났다

입맛에 들기 시작한 것이
그때부터였다

그 이듬해
다시 그 이듬해부터는
없으면 허전했다

누군가

샹차이(香菜)는 샹차이(上菜)

라는 말을 했다

우리말로는 고수인데,

고소라고도 부르는데,

고소(高蔬)라고

칭찬하는 이가 있었다

한때, 스님 네가 잘 자신다고,

혹시 힘 빼는 약이 아닐까 하여

꺼리는 이들도 있었다

찾는 사람과

물리는 사람 간의 차이가

몹시도 확연해서

생각의 차가 커서

시장에는 없다

귀하다

조심스럽다

고소는

샹차이는

손톱 위의 흙처럼

인간 세계에서 목숨을 마친 뒤에

다시 인간으로 나는 중생이 그 정도이며,

대지의 흙처럼

인간 세계에서 목숨을 마친 뒤

지옥이나 아귀, 축생에 떨어지는 중생이 그와 같으니라.

『잡아함경』「조갑경(爪甲經)」

방하착(放下着)

앞집 엄지머리가 밤새 잠 못 드는 줄
옆집 소박데기 아낙은 모릅니다

해쓱한 앞집 엄지머리를 보고
옆집 서방은 헤죽거립니다

감나무가 밤새
함석지붕을 두들기더니
감으로 똥칠을 해놨습니다
그래도 옆집 서방은
까치만 보면 돌을 던지며 쫓습니다

절대 못 간다며
끈적한 눈물로 납작 달라붙은
잎사귀를 보면서 혀를 찹니다
방하착
방하착 하라

하고 앞집 엄지머리가 외칩니다

옆집 서방은 내 똥은 냄새도 줄 수 없다고
막 성을 냅니다
방하착
방하착 하라고
엄지머리를 보고 고함을 지릅니다

지혜로써 모든 경계를 관찰하여

평등한 줄 알고

항상 적은 법은 구하지 않는 까닭에

세존이라 이름 한다네.

『광박엄정불퇴전륜경』

**부처님은 평등한 큰 하나의 법으로써
중생을 구한다.**

심중사화(心中思花)

질투의 화신

가슴 바라진 그대

촉촉한 꽃잎도

바싹 말려버리는

꽃 진 세상

오싹한 눈꽃은

푸슬푸슬

소복이

점점

짓깔린 가슴

담복화전을

맑은 소주 한잔에

띄워 드리리

버찌처럼 물든

칠흑빛 마음

중용의 도를 닮아

자목련처럼

은은한 매력으로

고운 말씀 듣자오니

점점

유월에 찔레꽃처럼

하얀 꽃

햇빛 바른 도화지가 되어

거기에 무엇을 그릴까

그대를 사랑하는 마음

어떻게 그릴까

그 마음 가득할 때

하늘에서 주신 선물

꽃비가 내린다

예불의 다섯 가지 공덕

첫째, 단정함을 얻게 되니,
부처님의 모습[相好]을 봄으로써 거룩함[尊上]을 낳기 때문
이다.

둘째, 좋은 음성을 얻게 되니,
부처님의 위없는 깨달음을[等正覺] 찬탄하기 때문이다.

셋째, 재물이 늘고 넉넉해지니,
향과 꽃으로 공양 올리는 때문이다.

넷째, 태어나는 곳마다 고귀한 곳이니,
무릎을 땅에 대고[長跪] 예를 올리기 때문이다.

다섯째, 천상에 나는 것이니,
염불의 공덕이 마땅히 그렇기 때문이다.

『대장일람집』

어부바

한 평짜리 우리에서
한평생을 살아야 하는
수캐가 불쌍하다고
주인이 암캐를 한 마리 넣어주었습니다

한 평이 반 평이 되는데도
암캐는 수캐를 업고
수캐는 수미산을 업고

곧 0.1평이 될지도 모르는데
둘이 좋아서 죽습니다
어부바,
그 일에 열중입니다
봄날입니다

조물주는
늘그막에 부업거리가 생겨서 좋고

주인도

은근슬쩍 좋겠습니다

여색(女色)이란

세간의 칼[枷]이요, 쇠사슬[鎖]인데,

범부들은 그리워하고 집착하여 벗어나지 못한다.

여색이란

세간의 중병과 같은데

범부들은 그 병에 걸리면 죽을 때까지 면치 못한다.

여색이란

세간의 재앙으로

범부들이 그것을 만나면 재앙이 끊이지 않는다.

『불설일명보살경(佛說日明菩薩經)』

볼트

장비에서
볼트 하나가 빠졌다

바삐 읍내로 간다
볼트 하나 때문에
십 리를 마다치 않고
트럭 몰고
읍내로 간다

볼트 하나만도 못했던
지난날을 떠올리면서
읍내로 간다

만나는 사람마다
볼트만 한

소중함이었던 적이
한 번이라도 있었던가
볼트 앞에 부끄럽다

남의 가슴에 구멍만 내어놓고,
특히 부모님 가슴에

그동안 흘러내렸을 쓰라림
냉가슴 꺽꺽하게 말라붙었겠지

늦었지만 오늘은
가슴 메울 볼트도
하나 사야겠다
맞는 게 있을까 만은
완벽하지 못해도

그리하여 점차

기름을 쳐주면

조금은 나긋해지려나

발원하면서

볼트 하나가

새삼

참 크다

아미타불은 팔만 사천의 상호(相好)가 있으며,

그 하나하나의 상호마다 팔만 사천의 수형호(隨形好)가 따르고,

그 수형호[모습]마다 팔만 사천의 광명이 있고,

그 광명들은 시방세계를 두루 비추어

염불하는 중생을 전부 거둔다.

그러한 광명의 화신불(化身佛)들이 이루 말할 수 없으니,

오로지 생각하고 기억하여 마음으로 환히 볼지니라.

『관무량수경』

모든 이를 광명의 화신불로 여기자.

병원 또 병원

보드랍고 당양해도
병원은 병원
웃겨도 웃지 못 할
성한 이도 들어서면
선뜩해지는 곳

갈수록 느는 병원
갈수록 느는 병균
갈수록 느는 환자

삼위일체로다

선뜩한 세상
병원의 소쿠리에
담겨버린 세상

부처님[釋尊] 당시,

제자 중에 균두(均頭)라는 비구가 있었습니다.

한날 그가 중병에 걸렸는데,

세상의 온갖 약을 다 써 봐도 낫지가 않는 거였습니다.

마침, 부처님께서 그를 찾으시어

한 가지 묘한 약방을 처방해 주셨습니다.

그건 다름 아닌 염불법이었습니다.

염불 가운데 '칠각의(7覺意)'를 생각하는 것이었습니다.

균두 비구는 그날 이후로

칠각의를 간절히 염(念)하였는데,

마침내 병이 다 나았다고 전합니다.

『증일아함경』 '등법품(等法品)'

* 칠각의?

1. 바른 견해[正見]을 생각하면 염각의(念覺意)
2. 바른 판단[等治]의 법각의(法覺意)
3. 바른 말[等語]의 정진각의(精進覺意)
4. 바른 활동[等業]의 희각의(喜覺意)요,
5. 바른 생계[等命]의 의각의(猗覺意)이다.
6. 바른 방편[等方便]의 정각의(定覺意)요,
7. 바른 기억[等念](意止, 4념처念處)의 호각의(護覺意)

『증일아함경』 제35권 「막외품(莫畏品)」

지어지선(至於至善)

묵묵히 제 할 일하고 선심(善心)을 지키면

부처님도, 공자님도, 예수님도, 하늘님도

그 누가 오신다 해도 더하실 말씀 없으리.

* 지어지선: 『대학(大學)』에서 말하는 삼강(三綱)의 하나.
  지극히 착한 경지에 이름을 뜻함.

아무리 많이 외워도

이익될 것 없나니

그 법은 훌륭하다 하지 않으리.

적건 많건, 외우고 익힌 바의

법을 잘 행하는 것이야말로

가장 훌륭하나니

진실로 사문의 법이라 할 만하다.

『증일아함경』「증상품(增上品)」

내 안에 극락세계로

『관경』의 극락세계 구품(九品)으로 설하셨네
누구든지 발원하면 근기 따라 들어간다
법계궁(法界宮) 큰마음 안에 십육관법 오롯하다

* 『관경』:
『불설관무량수불경(佛說觀無量壽佛經)』의 약칭.
* 법계궁(法界宮):
'광대금강법계궁(廣大金剛法界宮)'의 약어. 대일여래의 궁전으로 여래(부
처님)께서 계시는 곳을 의미함(『대일경(大日經)』). 여래는 머물지 않는 곳
이 없으므로, 우리의 세계도 또한 법계궁이라 할 수 있다 (길상 편저, 『불
교대사전』,홍법원 발행).
* 십육관법:
『관무량수경』에서 극락세계에 이르는 방법을 설한 열여섯 가지의 관법. 이
관법을 통하면 현생에서도 정토를 감득할 수 있다. 따라서 십육관이 곧
정토이다.

계를 지키면 얻는 다섯 가지 공덕

첫째, 바라는 것을 다 이루고

둘째, 재산은 점점 불어 손해가 생기지 않을 것이며

셋째, 가는 곳마다 존경과 사랑을 받게 되며

넷째, 이름이 좋게 나고, 칭송이 천하에 퍼질 것이며

다섯째, 목숨을 마치면 반드시 천상에 나는 것이다.

『장아함경』

심상(心相)

사주보다는 손금

손금보다는 관상

관상보다는 심상(心相)이래요

심상은 본래 공(空)이니

관상도 공이 되겠군요

공하므로 공에 의지합니다

그만큼 자유롭기에

60억이 닮은꼴이 없고

과거부터 현재까지

무한하게 제각각이어요

공(空)한 도화지에는

그림을 잘 그려야

행복한 미래를 봅니다

구겨진 인상은 안돼요

홍시처럼 탱글탱글 해야지요

마흔이 넘으면

자기 얼굴[관상]에
책임져야 한다는 말씀도 있어요

병원에 가보면
아픈 마음,
괴롭고 어두운 기운이
얼굴마다
얼굴이 향하는 공중마다
가득 떠 있습니다
천사가 무엇이에요
웃을 일이 없는 곳이잖아요
만일, 아픈 사람 얼굴에
아픈 흔적이 없다면,
푸근한 미소를 짓는다면
속 썩은 게 티 안 나는 과일이
부잣집으로 팔려가듯
주변 환경이 바뀔 거예요

그러나저러나

심상은 본래 공한 거지요

무상(無相)이기 때문에

다함(限)이 없답니다

마음이라는 그곳에

사랑하는 모든 사람이,

거룩한 부처님이 계십니다

32상(相)이 내 안에 있습니다

누가 뭐래도 나는

최고의 관상

최고의 사주

최고의 손금을 가졌습니다

염불할 때만큼은

'맑은 마음으로 깨끗해진다'고 한 것은

믿음으로 불성을 얻기까지를 이른 말씀이다.

원효, 『금강삼매경론』, 「진성공품(眞性空品)」

言淨心清白者 是信至得佛性

거울 속에 나 세상 속에 나

그대의 이맛살은
내 것이어요
꼬부라진 마음도
내 것이고요
내가 보는 깨끗한 그대는
그게 바로 나입니다

울지 마셔요 절대
나 아닌 사람에게
상처받지 마셔요
행여 거울이 깨어지면
빨가숭이 나는
조각조각 끊어집니다

그대는 나이고
나는 그대입니다
당신 없는 세상은

나도 없다는 거
내 마음 모른다면
늘 웃어주세요
내가 울더라도
그대는 웃어야 합니다

그대를 보고
오늘도 살아있음을
축복하여요
그대는
세상에
전부입니다

좋은 옷 부끄러워하고

음식 맛을 벗어나며

마음은 선정(禪定)으로

적적함[空閑]을 좋아하며

무아가(無我歌)를 부르고

늘 즐겁게 생활하면

어찌 다른 지혜로 즐거움을 삼으리.

『관찰제법행경』「무변선방편행품(無邊善方便行品)」

빛종이에 그림붓질

삼동(三冬) 모기

첫추위에
히터 돌아가는
훈훈한 도서관
화장실 타일 벽에
모기 한 마리가
깊은 삼매에 들었다

나무아미타불

지혜의 광명이며
오래 사는 주인이신
아미타불

미타찰에 어디
사람뿐이랴
모기도 있다

모기도 간절히
무량수를 염원한다

그 공덕으로 말미암아
뒤 보는 사람들의 심성을 파악하고
은근슬쩍 피 뽑는 법을 깨치며
아침저녁으로 독한 세제를 풀어
씨를 말리려는 청소 아줌마를
교묘히 능가할 지혜를 얻어
겨울을 나는 법을 터득한다

요즘 모기는
철이 없다

부처님께서 자비와 연민으로써 대도(大道)를 밝히시니
귀와 눈이 열리고, 큰 밝음으로 해탈을 얻게 되었습니다.

부처님께서 말씀하신 바를 듣고
어찌 환희하지 않는 이 있겠습니까.

모든 천신과 사람, 미물이나 곤충의 무리까지
자비와 은혜를 입어 근심과 괴로움에서 해탈하였습니다.

『불설무량수경』하권.

정육점 도량(道場)

온종일 서서
손님을 기다렸지만
한 근도 못 팔았다는
정육점 보살
내내 한숨만 쉰다

거친 바다에 살던 소라
뭍에서도
거친 파도 소리가
끊임없듯

붓다를 꿈꾸는 분들
오늘 어디 가셨나
방생 도량이
여기 있는데
아 아
원효성사께서

다시 오시면

쇠고기 한 사리

사 드실 텐데

정육점 보살 오늘

숨 좀 쉴 텐데

거친 바다도

잠 좀 잘 텐데

비록 천 문장을 외울지라도

뜻을 바르게 알지 못하면

한마디를 듣고 잘 지녀서

여러 악을 멸하는 것만 못하다.

『법구비유경』

雖誦千章 句義不正 不如一要 聞可滅惡

빛종이에 그붓질

어산(魚山)

설근(舌根)을 잃은
중음계의 메아리를 토한다

어미를 찾는
태생의 울림처럼
곡절한

울림을 내어라
짠물과 민물을 섞는
연어의 힘찬 꼬리처럼

낮과 밤을
생사를
삼단전(三丹田)을
넘내리는 소리

때로는
연못에 기른
잉어 떼처럼
유유한 듯하다가

순식간에
하늘을 뚫는 고성으로
백팔 계단을
단숨에 올라라

그대로가
연화대(蓮花臺)리라

한때 선재 동자가 창녀 앞에 이르렀다.

"거룩하신 이여, 저는 이미 위없는 깨달음의 마음을 내었사
오나, 보살로서 어떻게 보살의 행을 배우며, 도를 닦아나가
야 할지 아직 잘 알지 못합니다. 바라옵건대 저에게 말씀하
여 주소서."

창녀 바수밀다는 답하였다.

"선남자여, 나는 모든 중생의 욕망을 따라 몸을 나타내니,
만일 천상 사람이 나를 볼 적에는 나는 천녀의 모양이 되어
훌륭한 광명이 비길 데 없소. 이와 같이 하여 사람인 듯 아닌
듯한 것이 나를 볼 적에는 나도 또한 사람인 듯 아닌 듯한
여자의 모양을 나타내는데, 그들의 형상을 따라 각각 모양이
아름다우며, 그들의 욕망대로 나를 보게 됩니다."

『대방광불화엄경』(40권본)

결정된 창녀란 없다,
오직 음욕에 푹 빠진 사람 앞에만 창녀일 뿐.

갈택이어(竭澤而漁)

못 가에는 연꽃이 드문드문 피었고
고기들이 노닐었지
그런데
며칠 굶은 상사람에겐
유유히 즐길 풍광이 아니래
급기야 전하께서는
상사람들 배를 불릴 방도를 찾아보라고 했고
얍삽한 한 고굉지신은 기다렸다는 듯

공사합시다! 외쳤다

전하는 곳간을 열고
백성의 피 같은 돈을 내어주며 잘하라고 했고
고굉지신은 드디어 공사(空事)를 시작했다

구멍 하나 내어놓고

날마다 기녀잔치를 열더니

오래지 않아 공사가 끝났는데

허허, 참

물 빠진 마른 땅에

고기가 쌓여있네

그것으로 일단

배고픈 상사람의 허기는 채웠지마는

앞으로가 문제로다

지금 웃고 있는 게 웃는 게 아닐 게다

철없는 아이놈만 즐겁지

* 갈택이어: 연못의 물을 말려 고기를 잡는다는 뜻으로, 일시적(一時的)인
  욕심 때문에 먼 장래를 생각하지 않음을 일컫는 말
  -네이버 사전 인용.

선정을 닦는 자는 마음을 관하지만

마음은 마음을 보지 못하느니라.

눈으로 보는 바[견해]가

보는 바를 따라 생기는 것이라면

보는 것은 무엇으로 인하여 생기는가

『대승입능가경』「게송품」

기도

비나이다
비나이다
돌부처님께 비나이다
우리 아이 시험 잘 보게 해주소서

어머니의 간절한 기도에
돌부처님이 깨어나셨다

그래 알았다
대신 한 가지 청이 있다
제발 이 돌을 부숴서
날 좀 자유롭게 해다오
천 년을 돌에 갇혀 있자니
미치겠구나

그 말을 듣던 순례자는

무슨 그런 무능한 부처가 있냐며

산을 내려왔다

복진타락(福盡墮落)

정생왕은 탐욕 때문에 죽었다.

그는 40억 년 동안 4천하를 통솔하였고

이레 동안 보배가 비처럼 쏟아지는

하늘 세계에 있으면서도

만족할 줄 몰랐기 때문에

하늘에서 떨어져 죽었다.

그러므로 비구들이여,

대개 이익을 키우는 것[利養]은

큰 재앙이니 멀리 생각하고,

마음에 진실한 도를 구하여야 하느니라.

『현우경』「정생왕품(頂生王品)」

단기4346년 상달3일

그 해만큼 과거에 제석께서 삼위태백(三危太伯)을 살펴보시더니 '가히 홍익인간 할 곳이로다!' 찬하며 강림하실 때, 용과 거북이를 불러 하도낙서 챙기셨다.
순연한 곰 닮은 황후와 함께 마늘처럼 많을! 쑥처럼 쑥 쑥! 너희를 이롭게 하리라 맹세하시었다.

그때 백성들이 기뻐하면서 "우리는 하늘의 후손이다!"라며 소리쳤다.

이날을 누대에 기려야 하겠으므로, 비록 사서에는 없으나 어느 무속 집안에서 귀히 내려오던『무당내력』*이라는 19세기 문헌에, '상원 갑자 10월 3일, 단군께서 백성들에게 신(神)의 말씀을 전하였다'는 기록이 있어 단군을 모시는 이들과 나라를 대표하던 이들이 동의하였다. 1949년부터 날짜는 그대로 하되 다만 음력을 양력으로 바꾸어 정식 국경일로 지정했다.

한편, 신을 인정 못 하는 북한도 십수 년 전부터 거대한 단군릉을 재건하고 해마다 개천절 기념식을 챙긴다고 한다.** 개천절의 뜻을 모시는 이들은 모두 제석의 후손이다. 제석의 후손이여 통일을 생각하자. 싸우지 말자.

* 『무당내력』(서울대규장각 편, 영인본);
  정영훈, 「개천절, 그 '만들어진 전통'의 유래와 추이, 그리고 배경」
  (고조선 단군학회, 『단군학연구』제23호). 참고
** 『민족21』통권 제19호(2002.10.), p. 140

과거 현재 미래의 모든 중생은

그 수효를 알 수 있어도

부처님께서 나타내신 몸은

도대체 그 수를 알 수 없네

『대방광불화엄경』(80권본)

구장(狗醬)

탕 한 그릇

업장이 다 녹는데 백천만 겁(劫).

전생을 기억할까 무섭다

먹고 먹히는 생사 앞에서

가끔 전생을 기억하기도 한다는데

배고파서 바들거리던 시절

시주가 되어

산사람 허기를 채워 준 은혜가 있으련만

지금은 군마음만 도울 뿐

약간의 후더움도 찾지 못했다

사람에서 다시 사람으로 태어날 확률은

손톱 위에 올려놓은 흙 부스러기 정도라고

붓다께서 설했는데

고대로부터 죽은 사람은

다 어디로 갔을까

구장이 뽀글뽀글 끓고 있다
한 때는 누구의 친구였을지
앞 못 보는 이의 눈이었을지 모를,
젠장, 몇 해 전 잃어버렸던 그놈이 자꾸 생각나고

탕 한 그릇, 업장 다 녹는데 백천만 겁
업장 바꾸는 데는 0.1초 아니
문 앞에 선 마음 이전

하나의 계율을 지키면
다섯 선신이 보호하고,
다섯 계율을 지키면
스물다섯 선신이 보호한다.

『불설사천왕경』

도시의 밤

달무리 으슥한
개똥밭에 퍼지고 앉아
아기별에게 청혼하여도
미친놈이 아닌,
미친놈이라도 좋은
시골의 밤

네온사인 내리쬐는 아래
어디 쉴만한 구석을 기대하는 것조차도
건방진
도시의 밤은 무척 길다
만단 시름을 다 가진 이들이
카페에서 오붓이
꼬부랑 커피를 시켜놓고
몇 년 후면
거짓으로 밝혀질

사랑 얘기를 날린다

웃고 떠드는 동안

속마음을 숨기고

다른 사람의 삶을 따라

그게 내 것인 듯

아닌 듯

그냥 또 하루를

그렇게 사는

도시의 밤은

꽤 으스스하다

부끄러움을 아는

그 수명은 다함이 없나니

『출요경』,「관품(觀品)」

악몽

어젯밤 무서운 꿈을 꾸었습니다
컴컴한 건물에서 빛을 찾아 헤맸습니다
끝없이 어딘가를 향해 달려가는 고통이었습니다
잠에서 꿈을 깼습니다
어떤 도인은 꿈에서도 꿈꾸는 것을 안다고 합니다
마찬가지로 우리 사는 게 다 꿈이라고 합니다
깨닫고 보니,
인생은 말짱 꿈이었다고 한소식한 그분께서 그랬습니다
꿈속에서 꿈을 꾼다고 그렇게 애를 썼습니다
설사 그 꿈이 다가올 현실이래도
그것 역시 꿈속임을 생각하면 그저 웃음만 나옵니다
모든 유위법은 꿈과 같고, 물거품과 같고, 그림자와 같느니라
오늘 붓다의 미소가 그것을 일러주고 있습니다
무위는 유위를 보며 늘 점잖게 웃음 지을 뿐입니다

선남자야, 관세음보살은 대아비지옥에 들어갈 때

그 몸에 어떠한 걸림도 없으니,

고통을 주는 지옥의 온갖 도구는

보살의 몸을 핍박할 수 없으며,

맹렬한 지옥의 불도 모두 사라져

청정한 땅이 되느니라.

『대승장엄보왕경』

길상초(吉祥草)

허접스러운

들풀 이파리

그게 나여서

꽤 값진 보람일 수 있으나

애잔스럽기도 하다

백합은 한 송이어도

곱게 싸면 보배스럽다

누구나 그런

한 송이 백합이고 싶은데,

그 꿈을 이루지 못하면

자식을 기대한다

그도 안 되면 또

자식의 자식이 그러하기를

속마음은

베슥한 들풀 속에

한 송이 백합으로

제대로 몸값을 받아보자는 것.

물론 몸값은

허접한 들풀로부터 거둔다

그럴 땐 꼭

들풀이 필요하다고

입을 모으지만

짓궂게 파헤쳐진들

누구 하나 관심 가질까

들풀 주제에 굄을 받겠다면

그건 도리어 사치다

그래도 가끔은

나스르르한 들풀이어야겠다는 생각을 한다

관세음보살 보관에는

늘 아미타불을 이고 있고,

그걸 보는 나는

보리수 아래 길상초가 되어

세존을 따라

시방에 두루 하리라고

두 손을 모은다

* 길상초(吉祥草, kuśa): '길상'이란 이름은 석존이 이 풀을 깔고 보리수 아
  래 앉아서 성도한 데서 연유, 또는 이 풀을 석존께 바친 이가 길상 동자
  라는 데서 연유했다고도 한다.
  동국역경원, 『불교사전』

욕망을 여의고

탐하는 바 없으면

진실을 보게 되리니

이것을 해탈관이라

나고 죽음을 여의는 것이라 하느니라.

『불설대반니원경』,「장자순타품(長者純陀品)」

로그인

꽃동산 펼쳐놓고 들어오라고 해도
가지 않으면 다행인 것을
인간사의 흐름이란
들어가고 나가는 것이 순리인가

어여쁜 여인을 보면
동화 속 왕자님처럼
그 마음에 들어가고 싶고, 모니터 앞에
민낯을 가리고 온갖 아양을 떤다

얄궂은 사자의 심보로 손가락 까딱이며
괜히 남의 사생활에 관여하고
아수라장이 되고
뜸하게 테러도 발생하였다

아무것도 모르는 양 한 마리가
광활한 초원을 홀로 누비다가
처절하게 사라진 일이 있고
이익을 쫓는 이들은 먹잇감을 찾아
늘 방황하고 다닌다

혹 독사의 아가리인 줄 모르고 들어가면
날카로운 독아에 걸려 빼도 박도 못하니
뒤늦게 백신을 써도 아무 소용없다
그것만 조심하면 때론
억울한 누명을 벗겨주기도 한다

어디든지 남의 경계에 들어가서
홀로 빛나거나
주인이 되려 하면 사달이 나고
종노릇이나 잘하면
외려 상당한 효과도 볼 수 있다

모름지기 현대사회는

명당에 로그인을 잘해야 하고
로그아웃도 적당한 때에 잘해야 한다

입을 지키고
뜻은 지니고
몸으로는 나쁜 짓을 하지 말라.
이와 같은 행하는 자는
세간을 건너-피안을-얻으리라.

『법구비유경』

마법의 성

여자만 마법의 성을 가지고 있는 것이 아닙니다
남자도 마법에 성에 걸려듭니다
여자의 것은 남자의 것에 비하면 아무것도 아닙니다.
남자의 것은 무겁기로 말하면 매지 구름 같고
어지럽기로 말하면 별보라 같습니다
때로는 몹시 발끈하고
정해진 때가 없어
누구도 예측할 수 없습니다
남자에게 마법은
누구도 예외 없이 스미지만
통하지 않는 다부진 사람도 있고,
목덜미가 쥐어진 채 의식마저 홀라당
태워 먹는 이도 있습니다
하지만 본성은 거룩하여
마법에 걸린 스스로를 볼 줄 압니다
그 모습이 구리고 고단한 줄 압니다

그럴 때면,

메숲진 곳을 거닐기 좋아하고

못에 핀 백련화를 보면서

때 묻지 않음에 감동하기도 합니다

점점 정계(淨戒)의 향에 도취되어

크게 발심하기도 합니다

비로소 여자의 성을 때려 부수면

남자의 것은 함께 사라집니다

성벽이 무너진 까닭입니다

정토에 여자가 없는 것은

성벽이 없기 때문입니다

수많은 사람이 지금도 그곳에 나지만

갓난아이의 울음소리는 들을 수 없습니다

그대가 비록 번뇌를 끊었다고 해도,
'나'라는 4혹(아치, 아만, 아견, 아애)이 남았으면
참 열반을 얻은 것이 아니니라.

원효, 『열반경종요』

菩薩斷處猶有餘惑 故不得受涅槃之名

소신공양(燒身供養)

똥통 같은 껍데기를 깡그리 태우고
지계(持戒)의 맑은 향기가 세상에 퍼지면
용맹스런 아수라는 칼을 버리리
제불(諸佛)의 소원이로다
중생이 부처 되기를

엉큼한 속마음을 홀딱 벗고
중도(中道)의 옷을 걸치면
대자비의 여인들이 마음대로 드나드리
제불의 소원이로다
중생이 부처 되기를

가부좌를 풀고 귀한 손 귀한 발로
더러운 세간의 거울을 환히 닦으면
때 묻은 이들이 앞다투어 연지(蓮池)로 갈 테니
제불의 소원이로다
중생이 부처 되기를

활활 타는 불꽃에

오욕의 껍데기를 태워버리고

정토의 보살로 거듭나리

제불의 소원이로다

부처가 부처 되기를

모든 번뇌가 다하지 못했고,

위없는 깨달음도 얻지 못했거늘

어떻게 찬탄을 얻었다고 기뻐하겠는가.

『대지도론』

세간의 칭찬에 우쭐대지 말 것을 권함.

막사발

좀 삐뚤어졌어도
세상에 나온 그것에 기뻐하였다
못난 놈이라고 누가 놀리면
난 놈이라고,
삐뚤어진 조화라고
장인(匠人)은 얼싸안았다
그때는 다들
그를 미쳤다고 했다
가을마당이 깨끗하면 무엇해
이파리가 나뒹굴어야 맛이지
낙엽을 흩치는 원효를
다들 미쳤다고 했다
술 좀 취해야 양념 맛이지
사통팔달하면
네 마음이 내 마음이라서
가지고 말고 할 것도 없고

누렁이도 검둥이도 어울렸고
배부르면 거들떠도 안 보는,
왜국 가서 대접받고 온
막사발이 운치가 깊다
비뚤어져도
분수를 지킬 줄 아는
곱살스러운 것만큼이나
새퉁스런
막사발

운문광진선사 (雲門匡眞禪師, 864~949)

한 날, 선사께서 법상에 오르시어 말씀하시었다.

"모든 스님이시여 망상을 그치시라!

하늘은 하늘이요, 땅은 땅, 산은 산이요, 물은 물,

승(僧)은 승이고 속(俗)은 속인 까닭이니라."

『운문광진선사광록(雲門匡眞禪師廣錄)』

上堂云 諸和尚子莫妄想
天是天地是地 山是山水是水
僧是僧俗是俗

징

두들겨
두들겨 맞아야 나는 징

달구기 담금질
명태 두들기듯 쇠메질

열철지옥의 업을 청산할
뜨겁고 질긴 연주가 시작됐다

수만 송이
장인의 땀방울만큼
그칠 줄 모르는
메질의 어울림
살덩이를 파고들
울림을 심는다

벼랑 끝에 선 이의 간담을 싸늘하게 할
울림
배신당한 이의 가슴을 대신 치는 듯한
울림
아이 잃은 엄마의 통곡을 삼킬
울림
원한을 갚기 위한 복수의 칼을 비틀
울림
들을 수 없는 이의 몸짓을 대신할
그런 울림을 위하여

장인은 무원삼매(無願三昧)로
수만 번 메질했던,
새로 나온
징을 한 번 쳐본다
징-

* 열철지옥(熱鐵地獄): 뜨거운 쇳물로 고통받는 지옥(『대지도론』)

부처님께서 법좌에 오르시자

해와 같이 빛나서

모든 세간이 우러러보고 귀의하였네.

대천세계가 진동하며

모두가 기뻐하였네.

......

광명이 한량없는 세계를 훤히 비추니

잠깐 동안에

모든 중생의 아비(阿鼻)지옥까지

즐거움을 받았노라.

『보살염불삼매경』

탓

좋은 날은 쳐다 안보더니
좋지 못한 때가 오니
찾아왔구나
내 후손이여

네 꿈자리가 사나웠거든
내 무덤을 파라
네 자식이 안 풀리거든
내 무덤을 파라
네 몸 다친 일로 왔거든
내 무덤을 파라
네 하는 일이 안 되거든
내 무덤을 파라
다 내 탓이니
내 무덤을 파라
너를 파지 말고
내 무덤을 파라

사랑하는 나의 후손아
너는 잘못이 없느니라

올바른 도리로써
부모를 봉양하고
즐겁게 하고
널리 모두에게 회향하면

모든 하늘은
그의 집이 되니 왜냐하면,
범천왕도 그와 같이
부모를 공양하여
범천에 난 까닭이니라.

『별역잡아함경』

두 얼굴 중의 하나

한 사람 마음에 두 마음이 있어

호오(好惡)가 있고, 시비(是非)가 있습니다.

두 기둥이 내 마음입니다.

가끔 기둥 사이를 지나 중도의 방에서

나는 깨끗한 선심(善·心)의 천으로

때 묻은 거울을 닦고 또 닦습니다.

그 방에서만큼은

불행과 행복을 모두 알기에

영원한 행복의 터를 가꾸는 원을 세웁니다.

그리하여 방문을 나설 때

못났거나 잘나거나

내 얼굴 훤히 드러나면

늘 웃음 띤 모습을 하겠습니다.

웃음 뒤에 감춰진 눈물이

한몸인 줄 알고

함께 아파하겠습니다.

착한 사람을 그리되
착하지 못한 사람도 안겠습니다.
아름답게 핀 연꽃을 쫓되
뿌리를 감싸는 탁한 물을
절대 잊지 않겠습니다.
그렇게 두 얼굴 중에
하나로 살겠습니다.

사자는 짐승 가운데 으뜸이라

두려울 것이 없다.

일체를 굴복시킨다.

부처님도 그와 같아서

96종의 외도(外道)를 항복시키되

두려움이 없는 까닭에

인간 사자라 한다.

『대지도론』

빛종이에 코붓질

조장(鳥葬)

길 위에서 꽃이 핀다
꽃이 피고 지는 것을
길 위에서 본다

집 떠난 재롱쟁이를
조장터에서 다시 만났다

그는 탯줄의 피가 서린 칼로,
한길 무념으로
아버지의 사지를 썰어 흩는다

옴마니반메훔
우주의 함성이 들린다

한 때는

스승이었고 유일한 말벗이었던

공행모의 화신들이 나타나

사정없이 시체를 뜯는다

반열반을 돕는다

한평생 놓지 않았던

마니보륜이 벌떡 일어나

다시 돌고 있다

* 공행모(空行母)의 화신(化身): 시체를 먹어치우는 독수리.
  심혁주의 비유를 인용하였다.
  《법보신문》 기획연재 '심혁주의 티베트불교이야기', 2012. 5. 2.자.

발심 - 정토로 가는 길

1. 중생무변서원도 - 은덕정인(恩德正因)

2. 번뇌무진서원단 - 단덕정인(斷德正因)

3. 법문무량서원학, 불도무상서원성 - 지덕정인(智德正因)

원효, 『무량수경종요』참고.

화환

푹 찌는 비닐 안에서
주사 맞고 약 마시고
참고 참아서
예쁜 그들

남의 마음 홀린 대역죄로
효수(梟首)를 당하니
꽃님들 머리통
남의 집 대문 앞에 걸려있다

회장님도 찾아오고
국회의원도 찾아오고
대표님도 찾으신다

목에는
귀한 분들 이름 새긴
형틀 걸고
용달차에 실려
이곳저곳으로 바삐 다닌다
꽃들은 주검도 매력이다

깨달음엔 명예가 없으니
부처님께서는 그와 같으시네.
만약 명예를 소중히 여기면
깨달음을 멀리한다고 하리라.

『광박엄정불퇴전륜경(廣博嚴淨不通轉輪經)』

칼 도(道) 1

영리한 인간이 칼을 쓰면서
한마음이 둘로 갈렸다

칼자루를 쥐니
육도가 칼끝에서 빙빙 돈다

칼 가는 무리는 점점
블랙홀에 빠지고
맹렬한 그곳으로부터
아귀의 칼부림이 시끄럽다

오죽하면,
원혼을 물리는데 작두를 탈까

무녀가 칼날 위를 지나는 동안
건들바람이 오가고
붉은 덧치마가 들리는데도

그녀의 맨발은 갈라지지 않는다
몸서리를 쳤다

칼로 자르지 못하는
무서운 그것

일심(一心)이라고 했던가

믿음으로 삶의 강을 건너고
그 복은 어느 누구도 빼앗기 어렵다.
어떠한 도적도 막아내나니
한가하고 고요한 사문은 즐거우니라.

『법집요송경』「정신품(正信品)」

칼 도(道) 2

단도 집에서
칼을 빼다가
손바닥이 베였다

칼을 탓하랴
칼을 만든 공장장을 탓하랴

부처가 무엇이냐고 묻는데
부처를 만나면 부처의 목을 베라니
부처를 탓하랴
칼을 탓하랴

마음에 칼날을 세워서
휘두르다가 베인 상처
누굴 탓하랴

마음을 움직인

그놈을 닷해야지

자식이라 하여 믿을 것 없고

부모 형제도 믿을 것 없나니

죽음의 핍박 앞에선

친족이라 해도 믿을 바 없네

『법구비유경』

감기

초가을 밤손님이 무섭다

나를 불가마에 가둔다

불송이는 온몸에 수놓고

귀뚜라미는 밤새 곡한다

부실한 허파로 풀무질하니

그을음은 입술을 시커멓게 칠한다

물 한 컵 발라서 닦아내고

아궁이에 땔거리를 가득 쑤셔 넣었다

그런데 오늘따라

구들에 이불 녹는 냄새가 참 좋다

코스모스 향기보다도 더 곱다

등짝이 시원해지고

녹작지근한 즐거움도 맛보았다

의사도 업으로 만나고, 약도 연에 따라 모인다.

의사의 공덕이 한결같다면 약도 취하지 못할 것이 없다.

반드시 죽는 병은 성인이라도 이를 막지 못하며,

나을 병이라야 의사의 도움으로 낫게 된다.

『광홍명집』

밀양 철탑*

견보탑을 달달 외워
다보탑이 솟는대도
한 사람 마음을 다 채우기 어려운데

대체 그곳에 날밤 새우는 이들이 몇 명이던가

네 편 내 편 마을마다 찢기고
한 마을은 또 두 갈래로 찢기고

그 사이 하늘에서 떨어진 철탑은
검은 줄에 줄줄 엮이어
오늘 또 하나 서나 보다

가까이 갈 수 없는

눈물 사리 모신 탑

꼭대기에는 매지 구름이 자욱한데

기단 앞에는

청룡과 주작이 떠날 줄 모른다

* 경남 밀양지역 765 고압 송전탑 건설공사 현장
* 견보탑: 『법화경』「견보탑품」

욕심은 온갖 고통의 원인,

사람 해치기로는 독사보다 더하네.

『부자합집경(父子合集經)』

예

머리 깎고 단청 기와집에 앉았는데 어느 신심 있는 보살이
스님, 하고 부른다
예, 했다

쇼핑카트에 올라앉은 귀여운 꼬마가
아저씨, 하고 부른다
예, 했다

책 한 권 사러 서점에 들렀더니
손님, 하고 부른다
예, 했다

모처럼 학교를 찾았더니 예의 바른 어느 선생님께서
선생님, 하고 부른다
예, 했다

오래된 지붕을 새로 이려 공사업체에 연락했더니

사장님, 하고 부른다

예, 했다

피 한 방울 안 섞인, 폰 파는 여자애가 폰 바꾸라며

아버님, 하고 부른다

예, 했다

오늘 내가 그렇게 많은 줄 몰랐다

천백억 화신(化身)인가 보다

> 일수사견(一水四見) 유식(唯識)설
>
>   1. 인간은 물을 물로 봅니다.
>   2. 천인(天人)들은 물을 유리보석으로 봅니다.
>   3. 고기들은 물을 사는 집으로 봅니다.
>   4. 지옥 중생은 물을 피고름으로 봅니다.

봉은사 판전

추사는 없다

노승이 새벽부터 비질하였더니
소지무여(掃地無餘)한 땅바닥에
염지불(念持佛)의 미소를 그리는
속없는
앎 없는
탐 없는
동자승의 놀이

추사는 빛종이에
판전이란 두 글자를 남겼는데

봉은사에 판전에
추사는 없으나

동자승의

등불놀이가

여전하다

* 봉은사 판전의 필체는 추사 김정희의 말년 작품으로 유명하다.

여래가 설하는 법은

한 모양 한 맛이니,

이른바 해탈의 모습과

여의는 모습과

멸하는 모습이니,

필경에는 일체 종지에

이르는 것이니라.

『법화경』「약초유품」

2장

신라의 밤을 깨운
원효의 무애박

1. 탄생(誕生)

압량군 불지촌에
언뜻, 바람 부니
율곡(栗谷)에 밤송이는
불종자(佛種子)를 뱉어냈다
하늘이 감응하시어
오색구름 펼쳤다.

2. 구법(求法)

불법(佛法)에 목이 말라

감로수를 구하던 중

토감 속에 갇히어서

손에 닿은 해골박

썩은 물 한 바가지는

만 경계를 헐었네.

3. 오도(悟道)

마음 일면 법이 있고
마음 밖에 실체 없다
이밖에 또 무슨 법을
얻고 말고 할 것인가!
삼계를 뚫고 나간 도인은
발자취가 영묘하다.

4. 인연(因緣)

인연에 수순하면

우주가 일어나고

흐름을 끊노라면

우주가 소멸하니

요석궁 칠보(七寶) 연못에

분다리화 피었다.

5. 교화(敎化)

누더기로 갈아입고

무애춤을 추었다네

몰려든 사람들은

저마다의 사연이라

무애박 두드리는 소리

시름을 다 털었네.

6. 불국(佛國)

아이 업은 아낙네가
"나무불" 노래하니
고관대작 크게 놀라
전전긍긍 앓아눕네
야릇한 유유일승법(唯有一乘法)은
부처님만 아시네.

7. 대량(大樑)[1]

왕후의 심신에도

깊은 고름 맺혔노라

금강삼매의 칼이 아니면

도려내지 못하나니

백가(百家)를 주무르는 이는

화쟁국사(和諍國師)뿐이로세.

8. 후감(後鑑)

일심(一心)의 미묘광명에
새벽이 밝았노라
법 구하는 이들은
꿈에서 깨어날제
백 그루, 소나무[2] 마다
우담바라 피었네

9. 동진(東進)[3]

대들보에 싹이 트니
또 하나의 대들보라
어디에 쓸꼬 하니
바다 건너 보냈는데
일본국 진인(眞人)이 반기며
제나라에 박았다.

¹ 원효는 왕실이 주최한 백고좌 법회에 초청되었는데 그때, "지난날 백 개
의 서까래에는 내가 끼지 못했으나, 지금 하나의 대들보에는 오직 나밖에
없구나!"라고 탄식한 바가 있다.

² 백송(百松):『삼국유사』「원효불기(元曉不羈)」에 "일찍이 송사(訟事)로 인
해 몸을 백송(百松)으로 나타내니, 모든 사람들이 초지의 성자."라 칭송
하였다[嘗因訟分軀於百松故皆謂位階初地矣].

³ 『삼국사기』「설총전」에 따르면, 사신으로 일본에 건너간 원효의 손자 중업
은 일본국(日本國) 진인(眞人)의 환대와 찬시(讚詩)를 받았다고 전한다.
원효는 일본에 한 번도 간 적이 없었으나, 저술을 통해 이미 그의 영향력
은 상당하였음을 알 수 있다.

산란한 마음일지라도

부처님 도량에 들어가서

"나무불"

염불 한 번 하면

그때 이미 성불했느니라.

『법화경』「방편품」

3장

일승(一乘)과 일심(一心)

-원효 성사의 『법화경종요』를 중심으로-

연대사 법수

1.『법화경』관련 원효의 저술

신라 불교사의 전개에서『법화경』에 대한 본격적인 관심을 표명한 이는 원효(617~686)였다.[1]

원효는 거의 모든 불교 사상을 회통하여 각각의 논.소를 지었는데, 그중『법화경』과 관련해서도 많은 저술을 남겼다. 그러나 현재 전하는 것은『법화경종요』1권(『大正藏』제34권)뿐이다. 그밖에『법화요약(法華要略)』1권,『법화약술(法華略述)』1권,『법화경방편품료간(法華經方便品料簡)』이 있었다고 알려졌고,[2] 2007년 원효 전공자인 후쿠시 지닌(福士慈稔) 박사가 헤이안 시대(794~1185) 문헌인『고성교목록(古聖敎目錄)』과『대소승경율론소기목록(大小乘經律論疏記目錄)』을 참고해 알려지지 않았던 원효 전적 11종을 새롭게 확인한 바에 따르면『법화략기(法花略記)』3권과『법화경요략(法華經要略)』1권이 있음을 알았다.[3]

2. 모든 법은 일승(一乘)으로 통한다

원효는 『법화경종요』에서 『묘법연화경』은 시방삼세 모든 부처님이 세상에 출현하신 큰 뜻(大意)이라 했다.[4]

한편, 정토 경전의 주석서인 『아미타경소』에서는 아미타불과 석가모니불, 두 부처님만을 언급하였는데[5] 그에 비하면 더욱 광범한 뜻을 전달한다. 물론 그렇다 하여 경전에 차별이 있는 건 아니다. 경전의 말씀은 두루 통하는 바가 있다. "어떻게, 무슨 법으로 통하는가?"라고 되묻는다면 단연 일승법(一乘法)이다. 부처님의 가르침은 모두 일승법인 까닭이다.[6]

원효 역시 모든 부처님의 가르침이 다 일승법이라고 했다.

"일승의 가르침이란 시방삼세 모든 부처님께서 처음 도를 이루시어 열반에 이르기까지 말씀하신 모든 가르침인데, 그것은 일체지(一切智)에 이르지 않음이 없기 때문이다."(『법화경종요』)[7]

그것은 예토 밖에 따로 건설한 정토에서도 마찬가지다.

원효에 따르면 부처님께서 예토(穢土)에 출현하시어 정토를 설하신 까닭은 사부대중에게 삼계를 벗어나는 도(道)를 가르치기 위함이며,[8] 정토에 이른 후부터 삼계를 벗어나기까지 일승에서 물러나지 않는 것이라 했으므로 결국, 그 말씀은 정토 또한 일승법이라는 것이다.[9]

무엇보다 전제할 것은 '일승'은 부처님께서 직접 설하신 법이고, '일심'은 조사들에 의해 정리된 법이란 점이다.

3. 일승·일심·불지(佛智)·묘각(妙覺)·적멸·여래장·불성

『법화경종요』에는 원효가 그렇게 좋아하는 '일심(一心)'이란 용어가 한마디도 들어있지 않다. 그 까닭은 '일승(一乘)'이란 말씀에 이미 일심의 뜻을 안고 있기 때문이다. 어쩌면 원효가 자주 쓰는 일심은 일승과 다를 바 없다.

원효가 말하는 일심은 명료하다. 일심은 불교의 궁극을 나타낸 다른 여러 용어들과도 상응한다. 살펴보면 일심과 상응하는 용어들이 꽤 많다.

일심은 불지(佛智)이다. 원효에 따르면 '불지에 들어간 때가 곧 일심의 근원으로 돌아간 때'라 하였기 때문이다.[19]

또 일심은 묘각(妙覺)이다. 일심은 크게 네 가지 지혜(四智)로 나누는데 대원경지, 평등성지, 묘관찰지, 성소작지이다. 이 네 가지 지혜[四智]를 증득함이 곧 묘각의 지위라 하고 이것을 다른 말로 불지에 들었다고 하였다.[11]

세상 모든 경계는 일심이다. 일심 밖에는 다른 경계가 없다고 하였기 때문이다. 원효의 말씀을 인용하면,

"비유하자면 이 세계가 무변하지만 허공 밖으로 나가지 않는 것처럼, 모든 경계가 무한하지만 일심 안에 다 들어간다."[12]

이와 같이 모든 법이 일심 안에 들어간다면, 일심은 곧 적멸이다. 『법화경』에서 '모든 법은 본래로 적멸상(寂滅相)'이라 하였기 때문이다.[13]

역시 같은 뜻으로 일심은 여래장이다. 『입능가경』에 "적멸을 일심이라 하고, 일심을 여래장이라 한다."고 하였기 때문이다.[14]

그래서 일심을 전하는 원효에게 『입능가경』의 상기 두 구절("寂滅者名爲一心 一心者名爲如來藏")은 상당히 중요했다. 현존하는 그의 저술만 하더라도 여러 곳에서 발견되었다.[15]

여래장은 다른 말로 '법계장(法界藏)'이라고도 한다. 감추어져 있다는 [藏] 글자 뜻대로 이것은 중생의 견해로는 다 알 수가 없고, 십주(十住) 보살이라야 적게나마 여래장을 볼 수 있다고 한다.[16]

여래장은 불성(佛性)의 다른 표현이다. 역시 같은 뜻으로『대반열반경』에서는 십주보살이 적게나마 불성을 본다고 했다.[17]

그래서 불성도 일심과 뜻이 다르지 않다는 것을 알 수 있다.

십주(十住) 보살로 말하자면, 부처님의 대승 법문에 깊은 믿음을 가진 자이다. 때문에 부처님 말씀을 믿음으로 해서 우주 법계가 전부 부처님인 줄 안다. 다만 실제 현실에서는 자기의 안목에 따라 일부만 부처님으로 보이기 때문에 적게나마 부처님을 본다고 표현한 것이다. 사실 대부분의 사람이 이에 속한다고 할 것이다. 이치로는 우주 법계가 모두 불성인 줄 알지만은 실제 생활에선 그렇지 못하다.

4. 일심의 근원[歸一心源]이 바로 일승

　'일심'의 표현 뒤에는 늘 '근원으로 돌아간다'는 의미를 수반한다.[18]

　이와 같은 표현으로 받는 느낌은 궁극의 경지에 대한 회귀성이다. 일심은 어떠한 돌아가야 할 근원에 대한 압축적 표현이라 하겠다.

　일심은 크게 네 가지의 지혜[四智]로 구별되는데, 이 네 가지 부처님 지혜를 모두 증득 구현하면 이를 묘각(妙覺)이라 한다. 묘각은 불지(佛智)에 들어감이고, 비로소 이를 일심의 근원에 돌아간 때라고 하는 것이다. 이러한 불지는 두루 하지 않음이 없기에 '홍지(弘智)'라고 했다.[19]

　지혜(四智)의 측면에서 일심을 홍지(弘智)라 했다면 이에 대치(對置)하여 일승은 '홍문(弘門)'이라 했다.

『관무량수경』에 '염불하는 그때가 곧 부처(是心作佛 是心是佛)'라는 말씀이 있듯 정토에서 한 걸음 더 나아가면 모든 중생이 일승법, 즉 부처 아님이 없다는 것을 깨닫는다. 이것이 바로 『법화경』의 문(門)이다. 그래서 원효는 이 『법화경』의 문이야말로 넓고, 큰 문이라 하여 특별히 홍문(弘門)이라고 했다.[29]

이쯤에서 굳이 일심과 일승을 구별하자면, 일심은 근원으로 돌아가야 하기에 지혜의 증득 과정을 배제하지 않은 어떤 수행적·시간적 의미가 포함된 용어이겠고, 일승은 그 자체로 이미 궁극이며 완성되어졌음을 뜻한다고 하겠다.

일체 경계가 일심이며 일체중생은 부처이다. 이것이 바로 일승법의 핵심이기도 하다. 부처이기 때문에 육도 사생을 짓는 것이고, 부처이기 때문에 중생의 모습으로 끊임없이 출현한다. 부처님께서는 『입능가경』에서 육도에 생사하는 인연이 모두 여래장이라 하셨다.

"부처님이 대혜에게 이르시길, 여래장이 선(善)과 불선(不善)의 씨앗인 고로, 능히 육도에 생사하는 인연을 짓느니라."[21]

일체중생을 구원하겠다는 부처님의 원은 부처님인 동시에 이미 성취되었다. 따라서 중생이 곧 부처다. 만약 중생이 없으면 부처도 없는 까닭이다. 그래서 원효는 주장한다.

"『화엄경』에 이르시길, '일체중생이 보리를 이루지 않았다면 부처님 법이 온전치 못한 것이고, 따라서 본원(本願)이 충만치 못한 것이다.'고 하였다. 그런 고로 원과 보리가 갖추지 못하였다면 동등하게 그럴 것이고, 이미 갖추었다면 동등하게 갖추어진 것이니 이것을 이름 하여 일승과(一乘果)라 한다(『법화경종요』)."[22]

원효의 주장처럼 '일승법'은 만물에 이미 보리(菩提)가 갖추어져 있다는 데 핵심이 있다. 일승법에서는 더 이상 돌아가고 말고 할 바조차 없다.

이와 같은 일승법에는 사부대중이 따로 없고, 성인과 범부의 차별도 없으며, 심지어 외도(外道)일지라도 함께할 수 있다. 외도의 가르침 역시 선(善)을 지향한다는 점에서 다를 바 없다고 보는 까닭이다.[23]

이 얼마나 광대한 법문인가? 『법화경』을 권하는 원효의 말씀에 간절함이 녹아있다.

"자리를 나누어 앉아 이 법을 들은 자는 마땅히 전륜성왕이나 범천(梵天)의 자리에 앉은 것이요, 한 구절이라도 귀를 기울인 사람은 이미 무상보리를 수기한 것과도 같나니, 하물며 이 경을 받들어 지니고 널리 전하는 복이야 어찌 생각으로 헤아릴 수 있겠는가(『법화경종요』)?"[24]

1 「元曉t의 一乘觀과 사상사적 의미『법화종요(法華宗要)』를 중심으로-」,『韓國思想史學』제35집, 한국사상사학회, 2010, p.101, 각주 1)항. 재인용.

2 이상 趙明基 著,『新羅佛教의 理念과 歷史』(新太陽社,1962) p.97-102. (『元曉學研究』제4집, 2000)v

3 여기서 제목만 놓고 볼 때,『법화경요략(法華經要略)』과 상술한 『법화요약(法華要略)』은 같은 책이 아닐까 한다.

4 "妙法蓮華經者 斯乃十方三世諸佛出世之大意"『법화경종요』(『大正藏』34권, p.870c.).

5 "今是經者 斯乃兩尊出世之大意"『아미타경소』(『大正藏』제37권, p.348a.).

6 "十方佛土中 唯有一乘法"『묘법연화경』(『大正藏』9권, p.8a.)

7 "一乘教者 十方三世一切諸佛 從初成道乃至涅槃 其間所說一切言教 莫不令至一切智地 是故皆名爲一乘教"『법화경종요』(『大正藏』34권, p.871b.).

8 "今是經者 斯乃兩尊出世之大意 四輩入道之要門"『아미타경소』(『大正藏』제37권, p.348a.).

9 원효는『아미타경』의 이름을 듣는 즉 일승(一乘)에 들어가 물러나지 않는다고 하였다. "耳聞經名則入一乘而無反 口誦佛號則出三

162 빛종이에 글붓질

界而不還" 위와 같음.

10 "故言是入佛智地 是時既歸一心之源"『금강삼매경론』(『大正藏』
    34권, p.979c).

11 "得是四智 正是妙覺之位 故言是入佛智地" 위와 같음.

12 "譬如世界無邊 不出虛空之外 如是萬境無限 咸入一心之內"『무
    량수경종요』(『大正藏』제37권, p.131b.).

13 "諸法從本來 常自寂滅相"『묘법연화경』(『大正藏』9권, p.8b.).

14 "寂滅者名爲一心 一心者名爲如來藏"『입능가경』(『大正藏』16권,
    p.519a.)

15 『기신론소』(『大正藏』44권, 206c),『대승기신론별기』(『大正藏』44권
    227a)에 그리고『금강삼매경론』(『大正藏』34권, p.964b) 등.

16 "如是此如來藏 以法界藏故 身見等衆生不能得見·····(중
    략)····十住菩薩唯能少分見如來藏 何況凡夫二乘人等"『보성
    론』(『大正藏』31卷, 840b).

17 "十住菩薩少見佛性"『대반열반경』(『大正藏』12卷, 820c).

18 "歸一心源" 혹은 "歸一心之源"-『기신론소』,『금강삼매경론』, "還一
    心之源"-『대승기신론별기』, "若就捨相歸一心門"-『열반종요』, "歸
    於心原 智與一心"『무량수경종요』

19 "得是四智 正是妙覺之位 故言是入佛智地 是時既歸一心之
    源...(중략)...如是四智同一心量皆無不周 故名弘智"『금강삼매경
    론』(『大正藏』34권, p.979c).

20 "九道四生滅入一道之弘門也"『법화경종요』(『大正藏』34권, p.870c)

21 "佛告大慧 如來之藏是善不善因故 能與六道作生死因緣"『입능 가경』(『大正藏』16권, p.556b)

22 "如花嚴經云 一切衆生未成菩提 佛法未足 本願未滿 是故當知 願與菩提不滿 等則已滿則等滿 如是名爲一乘果也"『법화경종 요』(『大正藏』34, p.872b)

23 "若凡若聖一切衆生內道外道一切善根 皆出佛性同歸本原"앞 의 책, p.871c.

24 "...是以分坐令聞之者 當受輪王釋梵之座 逕耳一句之人 並得 無上菩提之記 況乎受持演說之福 豈可思議所量乎哉."앞의 책, p.871a.